DISTRIBUTION

SOLENNELLE

DES RÉCOMPENSES

DE LA

SOCIÉTÉ NATIONALE

D'ENCOURAGEMENT AU BIEN

Au Palais du Trocadéro

Sous la Présidence effective de M. STEEG, Ministre de l'Intérieur

4 JUILLET 1920

Discours de M. Stéphen Liégeard

PRÉSIDENT DE LA SOCIÉTÉ

DIJON

IMPRIMERIE JOBARD

—

1920

DISTRIBUTION

SOLENNELLE

DES RÉCOMPENSES

DE LA

SOCIÉTÉ NATIONALE

D'ENCOURAGEMENT AU BIEN

Au Palais du Trocadéro

Sous la Présidence effective de M. STEEG, Ministre de l'Intérieur

4 JUILLET 1920

Discours de M. Stéphen Liégeard

PRÉSIDENT DE LA SOCIÉTÉ

DIJON

IMPRIMERIE JOBARD

—

1920

L'ENCOURAGEMENT AU BIEN

————

Au Trocadéro, en présence de M. Poincaré, de M. Steeg, ministre de l'intérieur, et de trois mille personnes, la Société d'encouragement au bien fêtait hier les héros et les braves gens du pays, ayant à sa tête M. Stéphen Liégeard, l'illustre, vénéré et toujours jeune président qui, depuis de si longues années, dirige avec autant d'activité que de dévouement sa bienfaisante action.

Depuis le 5 juillet 1914, cette Société avait dû interrompre, et l'on sait pourquoi, le cours de ses solennités : ce jour-là elle avait offert l'une de ses couronnes d'or aux Saint-Cyriens qui, quelques semaines plus tard, allaient au feu, à la Française, — hélas ! combien sont revenus ? — en gants blancs et le casoar au shako.

Hier les trois couronnes d'or, les trois cou-ronnes civiques ont été décernées... mais laissons la parole à M. Stéphen Liégeard :

« Dans l'universelle convulsion du monde, empereurs ou rois envahisseurs ont disparu, et

des fragments de leurs sceptres brisés nos merveilleux soldats ont fait pour leurs chefs victorieux des bâtons de maréchaux. A nous à notre tour de couronner les sauveurs de la France, les libérateurs des peuples. Mais en était-il besoin ? Joffre, Pétain, Foch, ces noms prestigieux portent avec eux leur glorification : ce sont eux qui nous honorent en acceptant le modeste témoignage de notre gratitude et de notre admiration. »

Le président met en marge du palmarès qui sera lu tout à l'heure le nom de Mlle Yolande de Baye : « l'héroïne de la terrible guerre, qui, en possession des dons de la naissance, de la jeunesse, de la fortune, a prodigué ces trésors aux blessés de l'horrible guerre... »

Et il a terminé par ces mots unanimement applaudis :

« J'aurais bien des noms à citer, mais je ne veux pas retarder davantage l'appel des lutteurs de tout rang, de tout âge, à qui, pendant mes ving-trois ans de présidence, j'ai dédié cette formule, fidèlement mise en pratique : Dans la mêlée humaine, nous ne connaissons qu'un parti, celui des braves gens, le vôtre, mes chers amis ! »

M. Steeg, dans un chaleureux discours, a rendu hommage aux lauréats et aux membres de la Société d'encouragement au bien, et surtout *à son président, à qui le gouvernement, a-t-il dit, exprimera un jour très prochain sa gratitude pour l'œuvre admirable qu'il a accomplie.*

M. Lapierre, secrétaire général, a ensuite donné lecture du palmarès ; et, après la proclamation des trois couronnes civiques offertes à nos maréchaux, il a cité l'œuvre de guerre de notre cher collaborateur et ami Emile Berr, qui devient titulaire de la médaille d'or Stéphen Liégeard.

. . . .

Mlle Renée du Minil, de la Comédie-Française, a fait applaudir l'Ode à la France, de M. Stéphen Liégeard, qu'elle a interprétée avec un talent vraiment digne de l'œuvre du poète des Grands Cœurs. M. Tessié, de l'Opéra, Mlle France Deck, violoniste, et d'autres artistes ont très heureusement clôturé la belle cérémonie d'hier.

5 août 1920.   CH. DAUZATS,
                                     du *Figaro*.

Le Gaulois, Le Temps, Le Petit Parisien, L'Echo de Paris, etc., ont ajouté leurs éloges à ceux du *Figaro,* à l'occasion de la reprise des travaux de la Société nationale d'encouragement au bien.

Discours de M. Stéphen Liégeard

Monsieur le Ministre,

Mon premier et très agréable devoir, au moment où vous m'accordez la parole, est de vous remercier d'avoir bien voulu dérober quelques instants à vos multiples occupations pour venir présider cette solennité. Ce remerciement, je vous l'adresse tant en mon nom qu'en celui des lauréats du Bien pour qui nos modestes récompenses doubleront de valeur en passant par vos mains.

Je croirais d'ailleurs manquer aux lois de la gratitude en n'associant pas à l'action de grâces montée du cœur aux lèvres les nombreuses et hautes personnalités dont cette estrade a le droit de s'enorgueillir. A leur tête, je suis fier de saluer M. Raymond Poincaré, le grand citoyen qu'une voix éloquente, parlant au nom de la France, déclarait naguère avoir bien mérité de la patrie.

MESDAMES, MESSIEURS,

Le 5 juillet 1914 — il y aura demain six ans — cette salle où j'ai l'honneur de vous souhaiter la bienvenue accueillait, comme aujourd'hui, les lauréats du Bien, leurs parents, leurs amis, autant dire l'élite de la nation.

Radieux, le soleil illuminait les héros du devoir, en éclairant d'un reflet joyeux une foule impatiente de les applaudir.

Mais les regards s'arrêtaient plus volontiers sur une phalange de jeunes et élégants militaires, ayant le sourire aux lèvres, et la fierté au visage.

C'était les délégués de l'Ecole de Saint-Cyr, les représentants du premier bataillon de France, ceux qui « s'instruisent pour vaincre », selon la devise inscrite à leur drapeau par le grand victorieux Napoléon.

Ils venaient recevoir notre plus haute récompense, la couronne civique, ne se doutant pas que le jour était proche où ils devraient conquérir, à la pointe de l'épée, des palmes plus précieuses encore. Où sont-ils ces beaux jeunes hommes si pleins de vie, si rayonnants d'espérance ? Vivants ou morts, ils sont à la Gloire, n'en doutez pas, Messieurs, c'est là que vous êtes sûrs de les rencontrer.

Ce souvenir que vous pardonnerez à votre président me revient tout naturellement vers l'heure où la Société nationale d'encouragement au bien rouvre ses portes sous les ailes de la victoire. Nos couronnes, dont l'une alors, devançant l'heure, allait bercer les rêves héroïques de cette jeunesse ardente, nos couronnes civiques décernées tour à tour à ces grands citoyens, orgueil de la patrie, qui s'appellent Ferdinand de Lesseps, amiral Pothuau, Jean-Baptiste Dumas, Chevreul, Pasteur, vont aujourd'hui parer des fronts triomphateurs. Six ans écoulés, qui peuvent compter pour un siècle, ont vu passer, aux rouges clartés des villes embrasées, la plus terrible tourmente que la terre ait jamais subie. Dans l'universelle convulsion du monde, les palais ont chancelé, les trônes se sont écroulés, empereurs ou rois envahisseurs ont disparu, et des fragments de leurs sceptres brisés nos merveilleux soldats ont fait pour leurs chefs victorieux des bâtons de maréchaux.

A nous, à notre tour, de couronner les sauveurs de la France, les libérateurs des peuples. Mais en était-il besoin ? Joffre, Pétain, Foch, ces noms prestigieux portent avec eux leur glorification : ce sont eux qui nous honorent en acceptant le modeste témoignage de notre gratitude et de notre admiration.

A cette glorieuse trinité, à ces conquérants de renommée entrés vivants dans l'immortalité, notre Conseil supérieur a cru devoir arrêter l'hommage que mérite l'armée. Plusieurs palmarès n'eussent pas suffi à mettre en relief la vaillance du soldat français, et d'ailleurs notre œuvre, essentiellement civile, ne saurait se permettre un empiètement sur le terrain militaire. Notre déférence absolue à cette règle nous a pourtant laissé le regret de ne pouvoir admettre d'exceptions, au profit des infirmières de France, ne fût-ce qu'en faveur d'une seule, admirable entre toutes.

J'ai nommé Mlle Yolande de Baye, héroïne de la terrible guerre, qui, en possession des dons de la naissance, de la jeunesse, de la fortune, a prodigué ces trésors aux blessés de l'horrible guerre, et qui blessée elle-même, en danger de perdre la vue, n'a cessé de multiplier contre les Sarrasins modernes des exploits dignes des Bradamante et des Clorinde de la croisade. Certes, les distinctions ne lui ont point manqué ! Légion d'honneur, croix de guerre, citations multiples, distinctions étrangères les plus rares constellent sa poitrine, mais plus d'un d'entre nous pensait qu'une couronne ne messiérait pas à ce jeune front. Il en a été décidé autrement. Vos applaudissement, Messieurs, 'suppléeront à la distinction absente, et les infirmières de France, sœurs de l'héroïque ambulancière, en partageront le tribut glorieux.

Revenons à des mérites moins éclatants, dignes quand même d'être encouragés. La vie privée, elle aussi, a ses héros. C'est pour eux qu'un vénéré philanthrope, Honoré Arnoul, *petit manteau-bleu* de notre âge, fondait, il y a plus d'un demi-siècle, cette association de l'Encouragement au bien. La branche de cèdre plantée en bonne terre par la main d'un sage, est devenue, cinquante-neuf ans écoulés, l'arbre géant à la frondaison puissante dont la ramure abrite tous les braves gens de France, de notre France serrant désormais contre son cœur ses deux filles chéries : l'Alsace et la Lorraine à jamais reconquises.

Ce qu'est aujourd'hui cette Société, dois-je

le rappeler ? Dignes des Vincent de Paul et des Belzunce, ses palmarès forment l'émouvant recueil des sacrifices obscurs, une sorte d'herbier moral dont les humbles tiges, pareilles à la violette, ne se trahissent que par le parfum. *Aimons-nous, aidons-nous,* est la devise du livre. Dans ses pages, richesse et pauvreté sont sœurs. La chaumière ou le palais, le salon comme la mansarde, l'atelier à l'égal du sanctuaire et de la caserne, y offrent, à chaque alinéa, d'incomparables modèles, et il n'y a pas d'hyperbole à dire que, lors de nos solennités annuelles, l'âme même de la France palpite en cette enceinte, heureuse de se reposer des épreuves passées au spectacle des pures gloires présentes.

Notre horizon, il est facile de le comprendre, s'est assombri pendant les années de guerre. Mitrailles et maladies ont fait de larges vides dans nos rangs éclaircis. Le Conseil supérieur lui-même n'a pas été épargné. Alfred Conscience, le collaborateur fidèle qui, depuis la mort de mon illustre prédécesseur Jules Simon, me prêtait un concours aussi dévoué qu'intelligent, Conscience n'est plus. Il a suffi d'un souffle d'automne pour éteindre la vie chez ce laborieux dont le nom seul était un programme, selon le mot d'un de nos chefs d'Etat, et sur la tombe de qui la Société d'encouragement au bien, le jour des obsèques, a déposé le tribut d'unanimes regrets. Mais si le temple a perdu l'une de ses colonnes, il ne s'écroulera pas pour autant. Notre nouveau secrétaire général, M. René Lapierre, a pris en main, avec une infatigable activité et un rare bonheur, la tâche de raffermir sur ses bases une association ébranlée par le cataclysme mondial. Nous devons lui savoir très grand gré d'efforts incessants dont chaque jour proclame le succès. Nos deux éminents vice-présidents, M. le colonel Meaux Saint-Marc et M. Léopold Bellan, l'une des lumières du Conseil municipal de la Seine, lui prêtent un précieux appui. Grâce à ce bureau hors de pair, nos concours littéraires eux-mêmes ont produit d'heureux résultats où le patriotisme n'est pas oublié. Tel *Le retour à la terre* pour la prose, prix du Président de la République décerné à M. Henri Ribert, de Brioude, et, pour la poésie, *La France victorieuse,* qui, entre autres lauréates, vaut la médaille d'or à une jeune muse, noblement inspirée, Mlle Liboz Burger, de Dijon.

J'aurais bien d'autres noms à citer, mais je ne veux pas retarder davantage l'appel de ces modestes lutteurs de tout rang, de tout âge, à qui, dans mes vingt-trois ans de présidence, j'ai dédié cette formule fidèlement mise en pratique : *Dans la mêlée humaine, nous ne connaissons qu'un parti, celui des braves gens, le vôtre, mes chers amis!*

Paris, 4 août 1920.

www.ingramcontent.com/pod-product-compliance
Lightning Source LLC
LaVergne TN
LVHW050229060726
842525LV00007B/2604